사마리아의 여인

사마리아의 여인

초판인쇄 | 2014년 6월 10일   **초판발행** | 2014년 6월 20일   **지은이** | 오원량
펴낸이 | 배재경   **펴낸곳** | 도서출판 작가마을
등록 | 2002년 8월 29일(제 02-01-329호)
주소 | (600-012)부산시 중구 중앙동 2가 24-3 남경 B/D 303호
　　　　T.(051)248-4145, 2598 F.(051)248-0723 E-mail:seepoet@hanmail.net

국립중앙도서관 출판시도서목록(CIP)

사마리아의 여인 / 지은이 : 오원량. -- 부산 : 작가마을, 2014
　　p. ;　cm. -- (작가마을 시인선 ; 021)

ISBN 979-11-5606-014-7 03810 : ₩ 9,000
한국 현대시(韓國 現代詩)
811.7-KDC5
895.715-DDC21　　　　　　　　　　　CIP2014017895

※ 이 도서의 국립중앙도서관 출판시도서목록(CIP)은 서지정보유통지원시스템 홈페이지
　(http://seoji.nl.go.kr)와 국가자료공동목록시스템(http://www.nl.go.kr/kolisnet)
　에서 이용하실 수 있습니다.(CIP제어번호: CIP2014017895)

작가마을 시인선 21

사마리아의 여인

오원량

시집

• 시인의 말

어머니!
하고
가만히 불러보면
거룩한
노래가 되어
가슴에 스미네

어머니!
성모여!

2014년 여름

오원량

오
원
량

시
집

사
마
리
아
의
여
인

제2부

제3부

오원량 시집

사마리아의 여인

■해설: 진지함과 고난 극복의 시학

제 1 부

사마리아 여인

사마리아의 한낮은 그늘 하나 없는 뜨거운 열대
아무도 가는 이 없고 오는 이 없는 메마른 길
거기, 길이 있어 길을 갈 뿐
누구도 찾는 이 없는
누구도 찾을 이 없는
체념의 멍울이 둥글게 다져진 채 굴러가다 차이면
차이는 대로 또 굴러가는 텅 빈 마음
잠시 우물가에 내려놓고
외로운 갈증 물 한 잔으로 축이리라
우물에서 두레박을 올리는 데
여인이여!
어디선가 다가와
두레박 속에 담긴 한 남자의 음성
기적 같은 사랑

한여름, 뙤약볕 내리쬐는
우물가에 앉아 있으면

당신이 언젠가처럼 내게 다가와

물 한 잔 요구해 올 것을 믿으며

하염없이 기다리기도 했던

한때

나는 사마리아 여인

* "사마리아 여인 한 사람이 물을 길으러 왔으매, 예수님께서 물을
좀 달라 하시니 이는 제자들이 먹을 것을 사러 고을에 가 있었다.
사마리아 여자가 예수님께 말하였다. '선생님은 어떻게 유다 사람
이시면서 사마리아 여자인 저에게 마실 물을 청하십니까?' 사실
유다인들은 사마리아인들과 상종하지 않았다. 예수님께서는 그 여
자에게 대답하셨다. '네가 하느님의 선물을 알고 또 나에게 마실
물을 좀 다오' 하고 너에게 말하는 이가 누구인지 알았더라면, 오히
려 네가 그에게 청하고 그는 너에게 생수를 주었을 것이다.' 그러
자 그 여자가 예수님께 말하였다. '선생님 두레박도 가지고 계시지
않고 우물도 깊은데, 어디에서 그 생수를 마련하시렵니까? 선생님
이 저희 조상 야곱보다 더 훌륭한 분이시라는 말씀입니까? 그분께
서 저희에게 이 우물을 주셨습니다. 그분은 물론 그분의 자녀들과
가축들도 이 우물을 마셨습니다. 예수께서 그 여자에게 이르셨다.
'이 물을 마시는 자는 누구나 다시 목마를 것이다. 그러나 내가 주
는 물을 마시는 사람은 영원히 목마르지 않을 것이다. 내가 주는
물은 그 사람 안에서 물이 솟는 샘이 되어 영원한 생명을 누리게
할 것이다."(요 4:7-14)

겟세마네 동산을 오르며

감람산 올리브동산을 오른다
예루살렘 하늘은 쪽빛 바다처럼 티 없이 파랗다
하느님의 집 거대한 창 같다고 생각하며
여전히 이스라엘을 사랑하시어
하늘에서 하느님이 지극히 굽어보시고 계신 것 같아

키드론 골짜기를 가로질러 오른다
산 자와 죽은 자가 공존하는 예루살렘,
부활을 꿈꾸고 있는 수많은 무덤 사이를 걸어가며
그 무덤을 무덤덤 바라보면
어쩜 산 자보다 죽은 자가 더 행복해 보이는

당신이 겟세마네 동산에서 예루살렘성을 한참이나
바라보며
성이 무너질 것을 예고하시며 눈물을 흘리셨다기에[*]
올라가던 길을 돌아서서
정말 무너진 예루살렘성을 한참이나 바라보았다

이천 년 전 예루살렘의 올리브나무처럼 풋풋한
사랑으로
 당신이 그랬던 것처럼
 다마스쿠스 게이트* 성벽 꼭대기에 비둘기 한 마리
 평화를 물고 외롭게 날아다니는데
 당신은 억울하게 가버리고
 겟세마네 동산에 도착하기도 전
 당신의 눈물은 이내 내게 전이되어
 키드론 골짜기를 타고 흘러 내리네

 최후의 기도를 하셨다는 그 거룩한 곳을 더듬어
 또 묵묵히 오르니
 당신의 애절한 기도만 메아리치네.

 아빌라의 성 데레사*여
 어찌하면 주님의 상처에서 헤어날 수 있으리까

* 16

이스라엘 광야

어느 신부님의 강론에 의하면
저 광야는 비울 것 다 비운 거룩함이라고,

그 거룩한 광야 한가운데 섰습니다
나는 저 광야가

우리를 향한 당신의 절대적 사랑이
밀월로 굽이굽이 이어진 당신의 너른 품 같다고

삼십삼 년 이스라엘 민족의 목자가 되어 걸었던
당신의 부르튼 발자국들 같다고

댓못에 박혀 죽으신 당신의 붉은 심장 같다고

생각하며 아득히 바라만 보는데

그토록
비워도 비워도 비워지지 않고

엘리사의 샘*이 그립고
므리바의 물*이 그리웠던
나의 간교한 갈증이
한순간 광야 앞에서 한 줌 뜨거운 눈물로 비워지는
거룩함으로 가득 채워지는,
이 거룩함
당신께 봉헌합니다

* 엘리사의 샘 : (열왕하 2:19-20)
* 므리바의 물 : (민20:2-11)

도미누스 플레빗 Dominus Flevit[*]

아주 오래 전, 신학의 한 남자가
역사의 한 남자가 예루살렘 성을 바라보며
울었다고 전해 내려오는
그 올리브산 정상, 키드론 골짜기를 묵묵히 오르다
한 남자의 흔적을 더듬 듯
오른 길을 돌아보니 성 하나가 예루살렘 한가운데를
가로막고 있다
예루살렘 성!
저 성이 무엇이기에 그토록 한 남자를 눈물짓게 만
들었나 묵상하며
한없이 바라보고 있자니
아직도 울고 있는 한 남자의 흐느낌이 들리는 듯
지척엔 한 남자의 눈물 닮은 눈물 성전 지붕이 돋보
이고
조용히 발자국 죽여 그 성전으로 들어서는데
모든 이방인의 눈물이 한데 어우러져
한 남자 곁에서 떠나지 못하고 배회하고 있다

한 남자의 행적이 주마등처럼 스쳐 지나간다

공생활을 마무리하고 군중의 환호를 받으며 성에 입
성하지만 기쁨보다 불행이 한 남자의 앞을 가로막았
던 이천 년 전, 성이 무너질 것을 예고하고 자신의 죽
음을 예고하며…

결국 전설처럼 당신은 갔지만

아직도 이방의 모든 이를 눈물짓게 하는

당신의 눈물 바이러스는

약이 없네

* 올리브산 정상에서 가파른 경사를 따라 키드론 골짜기를 사이에
두고 예루살렘 성도(聖都)가 한눈에 들어오는 이곳에 '도미누스 플
레빗'(Dominus Flevit, 주님께서 우셨다)이라는 이름을 가진 성전
하나가 세워져 있다. 우리에게는 '눈물성전'으로 알려져 있다. 5세
기부터 수도원이 있었던 이 자리에 세워진 '눈물성전'은 1955년
이탈리아의 건축가 안토니오 바루치가 설계하여 완공한 것으로서
성전의 지붕을 눈물방울 모양으로 만들어 놓았다. 예수님께서 예
루살렘에 가까이 이르시어 그 도성을 보고 우시며 말씀하셨다.
"오늘 너도 평화를 가져다주는 것이 무엇인지 알았더라면…, 그러
나 지금 네 눈에는 그것이 감추어져 있다." (루가 19-41-42)

어서 오소서

시나이산을 시작으로 요르단강을 건너
이스라엘을 오시기까지
광야는 당신의 부르튼 발로
붉은 침묵을 장식한 거대한 모자이크,
그 광야에 당신을 닮은 어느 가난한 목자가
몇 마리 순한 양떼를 몰고 가다가
광야 한가운데 부려놓고
당신을 하염없이 기다리고 있습니다
당신은 정녕 오시겠지요
저도 노을빛 너머 당신 옷자락이 보이기를
애타게 지켜보고 있습니다

댓못 박힌 채 붉은 피 철철 흘리시며 오시는지요
저 멀리 서쪽 하늘가 여울처럼 쏟아지는 성혈
갈릴래아 호수를 짙게 물들이고 있습니다
갈릴래아 호숫가 갈대숲이 깊게 고개 숙인 채 서걱
입니다

제 눈가도 붉게 물들었습니다

섧도록 그리운 당신

당신을 향한 제 뜨거운 눈물로

당신이 제자들에게 발을 씻겨주셨던* 사랑의 마음
담아

당신의 부르튼 발을

고이 씻어드리고 싶습니다

어서 오소서

* 파스카 축제가 시작되기 전, 예수님께서는 이 세상에서 아버지께
로 건너가실 때가 온 것을 아셨다. 그분께서는 이 세상에서 사랑
하신 당신의 사람들을 끝까지 사랑하셨다. 만찬 때의 일이다. 악
마가 이미 시몬 이스카리옷의 아들 유다의 마음 속에 예수님을
팔아넘길 생각을 불어넣었다. 예수님께서는 아버지께서 모든 것
을 당신 손에 내주셨다는 것을, 또 당신이 하느님께 돌아간다는
것을 아시고, 식탁에서 일어나시어 겉옷을 벗으시고 수건을 들어
허리에 두르셨다. 그리고 대야에 물을 부어 제자들의 발을 씻어
주시고, 허리에 두르신 수건으로 닦기 시작하셨다.(요한13:1-5)

나자렛에서

광야 언덕 빼곡히
골방으로만 이루어진 나자렛
그 나자렛 골방 하나 빌려
지난밤 어둠의 이불을 덮고
새벽닭이 울 때까지
당신과 수많은 얘기를 나누었던 것 같았는데
자줏빛 아침이 어둠의 이불을 밀치자
당신은 어젯밤 일을
투명한 창에 새겨 놓고
당신 아버지께 이끌려 분주히 떠나셨구려
나자렛 작은 창을 열자
십자가 첨탑 위에서
눈을 지그시 감으신 채
목을 축 늘여 오른쪽으로 귀를 기울이시고
세상 모든 사람들의 기도
참 오래도 경청해 주시는구려
맨발의 나자렛 당신이여

유혹의 산* 아래 서서

이스라엘의 작은 마을 예리코를 지나
서북쪽으로 유대 광야 우뚝 솟아 있고
그 거대한 협곡 와디켈트
수많은 동굴 중의 동굴 하나 자리잡고
서른 세 살의 건장한 당신
요르단강 푸른 물에 세례를 받으시고
40일 동안의 금식기도 중
배고픔과 목마름에
악마에게 유혹을 받았다는 당신
저 또한
당신의 악마가 되어
당신을 유혹하고 싶습니다
진실로 진실로
오로지 진실만을 외치신 당신
그 유혹의 산에서 뛰어내려
어서 제게 오소서.

---

* 예수님이 세례를 받으시고 40일간 기도하는 동안 악마에게 유혹
  을 받으셨다는 산(루가4,1–13), (마르1,2–3).

마리아 막달레나 *

보지도 못한 먼 곳에 있는 어느 老 시인의 시를
읽고
그가 사무치게 보고 싶고
그 老 시인이 좋아한 시인
에즈라 파운드, T. S. 엘리엇, 월러스 스티픈스,
윌리엄스가
사무치게 보고 싶고
아프리카에서 선교하시다 선종하신 어느 신부님이
몹시도 사무치게 보고 싶고
그 신부님이 사랑하신 아프리카의 흑인 청년들이
사무치게 보고 싶고
하느님 아버지를 찬양하며 고백록을 쓴 아우구스
티누스가
사무치게 보고 싶고
당신의 아버지를 사랑하사
사무치게 보고 싶고
어느 날 당신이 창녀인 나를 거두어 주신 은혜

당신을 죽도록 사랑하여
사무치게 보고 싶어
당신 십자가 길 같이 걸으며
당신과 같이 죽기를 맹세한
나는 마리아 막달레나
'온유한 잘못'* 으로 비오니
나의 죄를 용서해 주소서

* "예수님께서는 주간 첫날 새벽에 부활하신 뒤, 마리아 막달레나
  에 처음으로 나타나셨다. 그는 예수님께서 일곱 마귀를 쫓아 주
  신 여자였다.(마르코16:6)
* "작은 몸짓으로 이 사랑을"이란 마더 데레사의 글 중에

이천 년의 사랑

당신의 처절한 죽음의 현장을 바라보며
육중한 슬픔을 지고
당신이 디디고 간 길을 내가 걸어가는 길,
당신을 경배하는 이방인들로 인해
골고다의 길은 닳고 닳아
빌라도의 악랄함도
당신의 고통도 함께 세월 속에 묻혔지만
그래도 당신의 고통을 묵상하며 걷고 있는데
어느 이슬람 상권들이 당신을 1달러에 판다고
내 귓전에서 크게 외치고 있습니다
1달러의 가치밖에 안 되는 당신?
갑자기 분통이 터졌습니다
그러기에 왜
무일푼으로 병자들의 병을 고쳐주시고
죄인을 풀어주시고
창녀들은 왜 감싸주시고
왜 백마를 타지 않고 어린 나귀를 타고 예루살렘성

으로 들어오셨는지

　다 바보 짓한 당신 탓이라고 애써 눈시울 감추는데

　그래도 "내가 세상을 이겼다"* 며

　가시관 쓰시고 십자가에 매달려서도

　느긋하게 미소 짓고 계신 당신,

　당신 발 밑에는

　이천 년 넘게 당신을 사랑하는 이방인들로 북적

이고

* (요한 16 : 33)

갈릴래아 호숫가에서

이른 아침부터 갈릴래아 호숫가에 해돋이를 보러
온 것처럼 수많은 사람들이 모였다 물 위를 첨벙첨
벙 걸어와 베드로에게 고기 잡는 법을 알려주셨다*는
당신을 만나기 위해 갈릴리 호수에 발을 담그고 물장
난을 치며 물 위를 걷는 흉내를 내본다 그리곤 가끔
씩 호숫가 근처 둔덕을 올려다보며 집 한 채 짓고 살
면 너무 좋겠다고 여기서 살려면 어떻게 하면 되냐
고 가이드에게 호기심 어린 질문을 던지다가 호숫가
근처 작은 성전을 기웃거리며 갈릴래아 그 넓은 호
숫가를 넋을 잃고 바라보는데
　바다 같은 호수는
　하늘 같은 호수는
　배 몇 척 둥둥 띄워 놓고 갈매기까지 불러 놓고 '예
수님 만나실 분 타세요' 하듯 우리를 기다리고 있
는데 호수가 너무 넓어 우리가 배로 예수님을 만나
러 가야 되는구나 생각하며 설레이는 마음으로 배에
올라탔는데 어디서 당신의 음성만 자꾸 들려오는 듯

　오늘 찬은 베드로가 잡은 물고기로 시식을 하며

*30

당신이 자주 가신 저 너머 가파르나움으로
가리라, 마음 먹으며
당신께 드릴 엽서 한 장 띄워놓고
총총 길 떠납니다

* 저녁 때가 되자 제자들은 호수로 내려가서, 배를 타고 호수 건너편 카
파르나움으로 떠났다. 이미 어두워졌는데도 예수님께서는 아직 그들에
게 가지 않으셨다. 그 때에 큰 바람이 불어 호수에 물결이 높게 일었
다. 그들이 배를 스물다섯이나 서른 스타디온쯤 저어 갔을 때, 예수님
께서 호수 위를 걸어 배에 가까이 오시는 것을 보고 두려워하였다. 예
수님께서는 그들에게 말씀하셨다. "나다 두려워 하지 마라" 그래서 그
들이 예수님을 배 안으로 모셔 들이려고 하는데, 배는 어느새 그들이
가려던 곳에 가 닿았다.(요한6:21)
  "저녁이 되었을 때 배는 호수 한가운데 있었고 예수님께서는 혼자 뭍
에 계셨다. 마침 맞바람이 불어 노를 젓느라고 애를 쓰는 제자들을 보
시고 예수님께서는 새벽녘에 호수 위를 걸으시어 그들 쪽으로 가셨
다.(마르코6:47-48)

비아 돌로로사 Via Dolorosa *

가시관 쓰고, 무거운 십자가 메고
힘겹게 한 발 한 발 내딛던
당신의 발자국은 없어도
로마시대 비아 돌로로사는 더 견고하게 다져져 남
아있는 길,
그 길을 순례자들은
걷는다
밟는다
당신이 죄 많은 우리를 구원해주고 고통스럽게 갔
던 길이라며
묵묵히 고개 숙여 경배하며
천마행렬 줄지어 가는
골고타길,
당신은 이제 없고
당신의 고통의 흔적도 없고
당신을 향한 기도도 없고
단지 당신을 배반한

유다만 있고
모함멧만 있는 길
그래서 고통스런 길
하여 그 길을 이제 잊기로 결심했을 때
내려오는 내내 더 고통스러워
나의 십자가 길이었던
길

* 십자가의 길, 통곡의 길, 고난의 길, 아픔의 길이라고 불리는 라틴어

타보르산에 올라

갈릴레이 호숫가를 돌아
이즈르엘 평야를 향해
베드로가 초막을 지어 당신과 살고 싶다는
평야 한가운데 우뚝 솟은 다볼산(타보르산),
이 높은 산, *
Z로 이어진 요람 속의 가파른 길,
당신이 거룩하게 변모하신 모습으로
모세와 엘리야와 얘기를 나누었다는 곳,
한나절을 기다려 오른 곳답게
오후의 석양이 유난히 붉다
정화되지 못한 제 영혼 여기에 당신과 지내면 좋겠
다는 소원을 띄워보며
거룩한 미사를 올리고
성전의 옛 유적과 타보르산 둘레를
당신과 숨바꼭질 하듯 돌고 도는 사이
어딘가에 당신이 거룩한 모습으로 내려다 볼 것 같아
차마 떠나지 못하고 배회하고 있자니
'주님 저희가 여기에서 지내면 좋겠습니다' 라고 한
베드로의 말씀이 내 말이 되어

주님 저희가 여기에서 지내면 좋겠습니다
차를 타고 내려오면서도
주님 저희가 여기에서 지내면 좋겠습니다

나는 오늘도 타보르산에 올라
주님 저희가 여기에서 지내면 좋겠습니다, 라고 주
문처럼 중얼거리는

---

* 엿새 뒤에 예수님께서 베드로와 야고보와 그의 동생 요한만 따로 데
리고 높은산(타보르산)에 오르셨다. 그리고 그들 앞에서 모습이 변하
셨는데, 그분의 얼굴은 해처럼 빛나고 그분의 옷은 빛처럼 하얘졌다.
그때에 모세와 엘리야가 그들 앞에 나타나 예수님과 이야기를 나누
었다. 그러자 베드로가 나서서 예수님께 말하였다. "주님 저희가 여
기에서 지내면 좋겠습니다. 원하시면 제가 초막 셋을 지어 하나는
주님께, 하나는 모세께 하나는 엘리야께 드리겠습니다" 베드로가 말
을 채 끝내기도 전에 빛나는 구름이 그들을 덮었다.(마태 17:1-5)

당신의 집

당신의 성체를 받아먹으니
언제나 제 안에 계신 당신
그러나 기쁨도 잠시
당신이 가시관 쓰고 십자가에 매달린 모습을 바라
보면
저 예루살렘을 생각하면
때로는 제 가슴을 메이게 하는
때로는 제 가슴을 쓰리게 하는
때로는 제 가슴을 아리게 하는
때로는 제 가슴을 우울하게 하는
때로는 제 가슴을 슬프게 하는
때로는 제 가슴을 그립게 하는
때로는 제 가슴을 사무치게 하는
때로는 제 가슴을 너무 외롭게 하는
이렇듯 너무 찢어지게 아프게 하는
그래서 잠 못 이루는,

스른 세 살의 건장한 목수,

건축가 당신

이제 제 가슴에 믿음의 대들보로 다져진

든든하면서도 웃음 넘치는

행복한 집 한 채 지어주시면 안될까요?

날마다 부활

깊은 밤 내 영혼이 20층 창밖을 내다 본다
지구는 날마다 층층이 올려진
온통 아파트 무덤
더러는 잠들지 못하는 영혼 위로하듯
가물거리는 불빛
어느 한 많은 영혼이 참다못해
묘지 밖으로 뛰쳐나와 굉음을 울리며 질주한다

밖은 영혼밖에 없는 이승과 저승의 갈림길
아무도 저들을 말릴 수 없다
붉은 신호등만이 위험하다고 깜박거린다
늦은 시간에도 장례차는 하나 둘 무덤 입구로 들어
오고
거리로 떠돌던 외로운 영혼도 무덤으로 들어오고
밤고양이 만이 묘지 주위를 슬프게 울며
주검의 향기를 찾아 돌아다닌다

이 밤이 다가면 묘지 속의 주검들은
이른 아침 또 아무도 모르게
묘지 문을 열고
발자국 소리 높여 뚜벅뚜벅 걸어나가리라
예수처럼

마루타의 저녁

창 밖에서 누군가 자꾸 집안을 기웃거린다
그러나 밖을 내다보면 아무도 없는 어스름 저녁
밥 냄새 유난히 짙다
냄새도 저녁이면 빠져 나갈 줄 모르고 집안을 빙
글빙글 돈다
누가 또 우리 집을 빼꼼히 들여다보는 것 같다
어둠이 길을 잘못 들었나

창밖엔 어둠만 서성거리고

올 사람도 없고

보는 사람도 없는데 TV는 켜져 있고

?!

마루타는 저녁 찬을 위해 양파를 쓴다

매운 눈물이 난다

촛불 봉헌

오로지

두 손 모으고

당신을 향해 굵은 눈물 줄줄 흘리며

기도만 하다가

말없이 푹 사그라져

죽을 수 있는

용기가 참 갸륵해

가만히 보니

제 안의 심줄마저도 야금야금 태워

당신께 봉헌한

죽기 전 마지막으로 큰 숨 한번 쉰 듯

쉼표

하나

,

제 2부

신비스런

이른 아침 한계령을 올랐네

하얀 날갯죽지 힘껏 늘여 펴고
느릿느릿 거대한 몸짓으로
바다를 향해
산을 옮기는 당신

산부리에 매 번 할퀸
동해 바다가
낮게 엎드려
길을 내고 있었고

당신은 항상 바쁘시군요
거대한 새 한 마리
비상을 하듯
당신은 그렇게 왔다가 아득히 사라지고
바다 등짝 위로 가볍게 떨어지는 하얀 깃털을
햇살이 한없이 쓸어내고 있는

아침 이슬

간밤 누군가 몰래 흘린

견고한 눈물

참고 참았던

소리 없는 울음

당신을 향한 간절한 사랑

선경仙境에 들다

깊은 잠을 자고 일어났어요
잔잔한 새벽의 수면 위에 당신은 우뚝하니 앉아 있습
니다
몸에서 물안개 무럭무럭 피어 오릅니다
아직 어둑한 시야로 별빛 몇 개 깜박거릴 뿐입니다
누구의 숨소리인지 아직 새근새근 잠자는 소리
두툼한 솜이불이 조금씩 들썩입니다

부리로 새벽 수면을 튕구며 제일 먼저 새벽을 쪼아
먹는 참새 소리에
지구가 화들짝 놀라 일어납니다
저 하늘가 누군가 열심히 꽃모종을 심고 있습니다
그윽한 향기가 붉게 일어납니다
하얀 나비 떼가 날아가 열심히 꽃을 핥고 있습니다
하늘과 땅이 서서히 교합하는 시간
종이 한번 울리고
둥근 하늘문이 열립니다
세상 사람들 하늘에 닿기 위해 일제히 계단을 밟고
올라갑니다

충주호 따라

아래로 흐르는 강이 있어 산은 더 높고 푸르네
강을 보듬어 주는 산과 산이 있어
강은 더 깊어지네
산과 강은 오랜 동반자

작은 배에 몸을 담고 강의 심장소리 들으며
나도 정처없이 흘러가 보네
산도 강도 깊어지는 곳 나도 깊어만 가네
산도 강도 머무는 곳 나 또한 잠시 머물러 보네
그리고 세월이 머물다 간 자리
잠시 둘러 보네
강은 제 몸 뒤척이며 흔적 남기려 애쓰고
산은 느긋하게 누워 한 판 찍으려 애쓰고
나 또한 흔적 하나 남기려 셔터를 누르네
어느덧
조급해지는 내 마음을 엿본 듯 강은 또 흐르네

오후의 강은 뜨거운 눈물
강은 산을 보듬고
하늘을 보듬고
나를 보듬고 흐르네

또한 나는 당신을 보듬고
그렇게 하염없이 흐르고 싶네

산정에서 만난 당신

욕망의 짐을 지고 한 발 한 발 고지를 향해 오릅
니다
오를수록 뜨겁게 타오르던
천 근 같은 육신
태울 것 다 태우고 한 줌 재로 남은 듯 가벼워집
니다
푸른 깃발처럼 펄럭이며 당신을 불러봅니다
메아리로 돌아오는 당신의 말씀에
길들지 못한 내 안의 내가 순종하는 법을 배웁니다
내 어깨를 짓누르던
내 발목을 잡고 길을 막던 쓰디쓴 절망도
당신의 말씀 앞에서 굴복했나 봅니다
붉고 예리한 초침으로 가슴을 조여오던
나의 가난한 시간들도 어디서 길을 잃었나 봅니다
시간이 정지되고
내가 정지된 채
이 산정에 서 있으면

성경의 당신이 더 가까이 보이고 더 가까이 들리는
것 같아
천지사방 신비함에 눈을 뗄 수가 없는
제 선한 모습

을, 창조의 하느님!
오래 오래 기억해 주세요

내 안의 나를 버리고

내가 나를 짊어지고 힘겹게 산을 오르고 있습니다
내게서 끊임없이 탈출하려고 하는 나
타협하지 못하는 나
하지만 놓칠 수 없어
있는 힘 다해 잡아당기며 같이 오릅니다
서로의 중력에 눌려
싸움은 언제나 팽팽한 암묵
더러는 둘 다 주저앉고 싶을 때가 있어
길을 안내하는 푸른 시그널을 외면하고
그 자리에 주저앉으면
구름은 저리도 여유롭게
능선은 순한 짐승처럼 말없이
당신에 의해 길들여지고 있었습니다
타협할 수 없는 내 안의 나를 버리고
나도 당신에게 길들여지길 원하자
정상이 바로 저기라고
느긋하게 당신은 웃고 계십니다

구절리 가네

강원도 정선군 북면 구절리九切里
구절리 가는 길은
천 년의 내 사랑 찾아 가는 길
가도 가도 깊어라
가도 가도 높아라
내 가슴 타고 타서
아우라지 검은 강물로 흘러내리네
눈물도 말라라
오장폭포 오장은 다 드러내 놓고
골만 깊어
까막까치 깍깍 울어대면
산도 함께 울어주는
깊고 깊은
구절리

지리산, 제석봉*

태울 것 다 태우고 뼈대 하나로 섰습니다

이제 구름의 영혼이요

바람의 영혼이옵니다

구만 리 구천 그 끝자락에서

이 흰 뼈대 하나 남기고

장터목에 발 빠뜨리고

뉘엿뉘엿 넘어가는 해 그림자나 되어 주렵니다

바람의 지팡이 되어 주렵니다

구름의 지팡이 되어 주렵니다

당신의 지팡이가 되어

당신만을 순종하는 종이 되렵니다

* 제석봉 일대 약 33만㎡의 완만한 비탈은 고사목으로 뒤덮여 있
으며, 나무 없이 초원만 펼쳐져 있다. 한국전쟁 후까지만 해도
아름드리 전나무·잣나무·구상나무로 숲이 울창하였으나 자유
당 말기에 권력자의 친척이 제석단에 제재소를 차리고 거목들을
무단으로 베어냈고, 이 도벌사건이 문제가 되자 그 증거를 없애
려고 이곳에 불을 질러 모든 나무가 죽어 현재의 고사목 군락이
생겼다고 한다

각시붓꽃

저의 집은 깊고 깊은 산골 양지쪽 오두막
물소리, 바람소리, 새 소리 들으며 삽니다
또한 당신의 발자국 소리 들으며
당신을 향한 항상 두근거림으로 살고자 합니다
세상의 거리에서 저만치 떨어져 살다보면
안 보이는 것도 보이는 법
그래서 당신이 더 잘 보이는
하늘 저편
저 홀로 피고
저 홀로 지는 게 익숙해 진
구름의 밭에서
당신이 뿌려 준 양식을 거두며
조용히 살고자 합니다
오늘도 당신께 겸손한 미소를 올리며
언제나 당신께 만족한 성가정이 되고자 합니다.

먼 당신

기약도 없으면서 그냥 나선 길
마냥 걷다가 길의 끝에서 막차라도 있으면, 하고
나선 길
당신이 내 앞을 막았으면 가지 않아도 될 길
당신은 보이지 않고
바람소리만 옷자락을 휘저으며 가는 길을 막고
햇살 한 자락 떨어진 굽은 길에서
잠시 가던 발길을 멈추고
멀리 하늘을 바라봅니다
죽도록 당신을 사랑하리라던 믿음도
앙상한 겨울 나뭇가지처럼 흔들려
곧 꺾어질 것 같은,
가끔씩 눈가에 흑백으로 어른거리는 당신의 모습은
나에게 일말의 희망인지라
먼 하늘 뚫어지게 바라보며 불러보지만
잠자던 겨울새들만 놀라 퍼덕입니다
서슬 퍼런 댓잎만 제 간절한 소리 쓸어가버립니다
또 기약 없는 먼 당신을 향해 무작정 걸어봅니다

전설의 달

가슴에 온갖 전설을 다 품고
별들의 길을 따라
홀로 정처 없이 떠돌다
나와 눈이 맞아
정착한 저 달
그의 환한 품속을 오래 들여다 보다
어느새 나의 님이 된

사랑하고 싶다 하면
저녁 찬 없는 밥 달게 먹고
슬그머니 자리 뜨는
삽짝문 닫아 버리면
길 잃은 망아지처럼 문 밖 서성거리는
방으로 들어가 버리면
창가에 매달려 애원하는
그러다 구름 속에 들어앉아
그렁그렁 우는
그의 정체를 알고 싶습니다

3월의 기도

차고 무거운 빗장을 어서 열어주십시오
그리하여 당신 자비의 눈부신 빛으로
저의 게으른 영혼 눈 비비며
어서 일어나게 해 주십시오
당신의 뿌리가 깊은 광맥을 뚫고 물길을 찾듯
제게도 계곡 물소리 새 발자국 소리처럼 여리게 흐
르는 소리
어서 귀 기울이게 하소서
겨울 내내 억울함에 몸서리치던 나목,
당신의 말씀에 감동했는지
두 팔 들고 오로지 당신 향해 서 있더니,
때를 기다린 듯
겨드랑이 사이로 날개 하나 둘 돋아나고 있습니다
따뜻한 햇살을 쪽쪽 다시며
아직 눈 뜨지 못한 채
바람에 순하게 길들여지며 자라고 있습니다
십자가 꼭대기에서 고공행진만 하시지 마시고

당신의 달콤한 영혼과 함께
저 나무들에게 어서 벌 나비 날아들게 하여
앙상한 제 영혼에도
어서 꽃물 오르게 해 주소서
그러면 당신 앞에 주저 없이 다가가
당신 발등에 향유를 바르며
당신을 유혹하고
또 유혹하겠나이다

고사포* 그 여름밤

　햇살의 불씨가 뜨거운 백사장 위로 바다도 하나의
발자국을 남기고 싶어 몸부림친다

　　　무　　　변無邊　　　의　　　대　　　해大海

　썰물 빠진 바다 한가운데 달려가 서면 다 채울 것
같은 마음이 또 다른 섬이 되어 섬을 바라본다
　길과 길의 끝으로 반도의 낯선 밤이 지친 행려객처
럼 찾아든다
　달빛은 바다 한가운데 느긋하게 자리잡고 머물다
갈 시간을 재고 있다

　바다 한가운데 떠 있는 하섬은 이제 외롭지 않다고
그림자를 더 새운다
　타지의 많은 섬들이 불을 켜고 찾아들고, 모래사장
을 누비는 노래방 가요소리가 왠지 시끄럽지 않은,
　나 대신 누군가 목이 쉬도록 불러주는 유행 지난 사
랑가 한 구절에 해초처럼 졸아드는 나는,

바닷물이 언제 들어올지 궁금해 쉽게 잠들 수 없다
저기 어선 두어 척도 기우뚱한 채 어서 물 들어오길
기다린다
밤은 깊어만 가는데 잠든 것은 아무것도 없다

당신이 제 옆에 있어 더 아름다운 밤이었습니다

*변산반도에 있는 예전의 군사훈련 지역

설악, 수렴동 산장에서 1박

산 그림자, 2층 통나무집 산장을 말없이 통째로
삼킨다
 더 이상의 등정이 허락되지 않는 입산 통제 시간
 우리 모두는 당신의 순리에 순종할 줄 아는 순한
양처럼
 제각기 한 짐씩 지고 온 아릿한 정을 산장 한 켠에
풀어
 한데 모아 놓고 누울 자리 하나 분주히 만들었지
 희미한 산장 등불이 우리의 노곤한 몸을 힐긋힐긋
엿보며
 돌아앉는다 현세의 역한 냄새가 맡기 싫다는 듯,
 수렴동 별들도 우리를 향해 사정없이 콕콕 찔러
대고
 그러고 보니 도시의 별들도 여기에 다 모였네
 계곡의 성경은 밤새도록 우리를 잠 못 자게 낭랑하
게 외치고

그래도 한 잔 술에 쉽게 쓰러진 육신

당신이 보듬어 주셨나요

어젯밤, 그 달콤한 품에서 벗어나지 못한 나는

운무에 덮힌 채 길을 잃고

아직도 당신 품을 헤매고 있습니다

적막한 평화

폐사된 물고기 잔뼈 마냥
잎맥이 다 드러난 채 널브러진 낙엽 더미 위로
가을비가 내린다

비는 고운 실같아
부석한 낙엽 위로 떨어지는 고운 비로
부드러운 망사실크를 짜는 당신
짜서 채곡채곡 쌓아두었다가
어느 가난한 이에게 덮어주시려나

비는 하프같아
당신은 하프로 아직 잠들지 않은 영혼을 위해
가을의 숨결을 연주하시는지
운무로 가려진 더 넓은 숲 속
하프의 결 고은 은빛 가는 빗살 사이로
위대한 당신의 손길이 연신 스칩니다
토닥토닥 메마른 낙엽을 두드리는 영혼의 소리

세상에서 가장 아름다운 음악

지금, 산중은 적막한 평화만 고여 있고

산길 당신

그리움도 때로는 쓸쓸한 짐이라고
누군가 형벌의 그리움*으로 다져놓은 길
천 년이 지난 듯
이천 년이 지난 듯
여전한 길
천 년 그리움을 새기 듯
이천 년 그리움을 새기 듯
당신의 향기 찾아 묵묵히 걸으며
그 쓸쓸함 훌훌 털어봅니다
험하고 먼 길일수록
제 곁에 없는 당신을 잊기는 더 쉽다고
안개 속 길 다 지워져도 항거하지 않는 믿음으로
오르고 또 오르면
깊고 깊은 미로
어쩜 내겐 십자가 길이기도 했던 길,
길과 길 어디쯤
당신의 푸른 심장과

제 뜨거운 심장이 만나
숨을 헐떡이며 교배를 하고 있습니다

딱, 한 시간만 더 그렇게 가슴 뛰고 나면
단잠에 빠지겠지요

*김형술 시인의 시에서

제 3 부

초승달

나,
깊고 아늑한 항아리 속에 앉아
한 십 수 년
푹_
곰삭을 대로 곰삭아
향긋한 냄새로
세상에 다시 나오려고 했더니
어느 그리운 님의 손길이 스치고 지나갔을까
비스듬히
열려진
입구

지독한 사랑

진달래 꽃물 엷게 오르던 갓 십 대
그미*는 성녀 소화 데레사 학교를 다녔지
가난한 달동네 아래, 학교와 마주 한 소담한 성전도
있어
그미 영혼 외로울 때 자주 쉬다가곤 했던 곳
멍하니 당신 십자가만 뚫어져라 바라보다 갔던 곳
그러나 간절한 기도 한번 한적 없는
그리고 그미는 또 맑디 맑은 황령산 자락
마리아 전교자 프란시코 수녀회 학교를 다녔던가
그미의 외로운 병은 점점 깊어지고
그때마다 황령산 동산에 올라 자신을 다독이고 내
려오면
어둑한 산 그림자만 말없이 그미 뒤를 따라 같이
내려오곤 했지
이제 생각하니 그미는 그 동산에서 한 송이 외로운
구절초로 살았나봐
구절초 같은 미소로 당신에게 다가갔었는데

당신은 봄이 오면 하얀 목련으로 왔다가
가을이면 앙상한 가지만 남기고 홀연 가버린,
당신을 애타게 부르며 다가갔지만
끝내 모른 척 함구한
성모 마리아의 간구까지 귀담아 듣지 않은
수 십 년 세월이 지나도록 잊혀지지 않는
아직도 못다 이룬 사랑
이 지독한 사랑

*그미 : 그녀를 옛스럽게 이르는 말

쓰라리도록 아름다웠던

한때 지독히 외로웠을 때
공허한 가슴 품고 자꾸만 시멘트 바닥에 쓰러지곤 할 때
거친 콘크리트 담벼락에 자주 부딪치곤 할 때
민들레 홀씨 날아가듯 날고 싶은 날갯죽지 상처로
얼룩져 있을 때
자신이 너무 싫어져 묻어두고 싶어질 때
아예 마음의 굵은 빗장을 잠그고
혼자 골방에 갇혀 늘 듣곤 했던
모차르트 바이올린 소나타
그 감미로운 바이올린 연주가
공허한 가슴을
날카로운 날로 잘근잘근 썰어주는 것 같아
쓰라린 가슴에 멍울 진 피 펑펑 쏟아지는 것 같아
밤새도록 울고 또 울었던 들꽃 같은 세월이 있었다고,
이런 감칠맛도 모르고 사는
불쌍한 그미의 아들에게
그 쓰라리도록 아름다웠던 그미의 이야기
당신이 주절이 주절이 들려주소서

봉선화 편지

장독가 말없이 핀 봉선화가
밤마다 당신께 편지를 썼군요

하고 싶은 말이 너무 많아
무슨 말부터 써야할지 몰라

날 밤 새도록

쓰다 버리고

쓰다 버리고
.
.
.

결국 제 살 다 사른

그 뜨거운 연서

아직도 부치지 못했군요

비 갠 하늘

오늘 당신 집을 대청소 하셨나요

너무 넓어 감당할 수 없어
오랫동안 뭉쳐 놓아 둔
축축하고 칙칙한 제 가슴도 꺼내어
마당 한가운데 펼쳐 놓았습니다
더러는 군데군데 엷은 곰팡이도 슬었고
좀이 먹어 구멍 숭숭 난 곳도 있으며
여기 저기 삭아 찢어진 곳도 있지만
그래도 아직은 쓸만한 것 같군요
햇살 좋은 날 이불 호청 빨아 널 듯 짝 펼쳐 널고
풀 먹인 옥양목 소리처럼 창창하게
당신을 불러 봅니다

빛 바랜 묵주

당신을 사랑한다고 주문처럼 중얼거리고 다니면서

당신 사랑한 흔적은 보이지 않고

주머니 속엔 구겨진 영수증

핸드백 속엔 나의 낡은 흔적만 굴러다니고

오늘 이 모든 것 다 버리겠다고 마음 먹고

너절한 소지품을 정리하다 발견한

빛 바랜 묵주 하나,

나의 손끝에서 바래지 못하고

내 삶의 구석에서 조용히 빛 바랜,

내가 당신을 사랑한 게 아니라

당신이 나의 사랑을 갈구하다

이렇게 바래졌나 싶어

진정으로 회개를 구하는 마음으로

묵주를 돌리며 소중한 사랑을 한 알 한 알 더듬어

봅니다

악마도 십자가길 걸었네

태양 빛이 내리쏟는 8월초쯤

양산 정하상 영성관 뒤편 동산에 올랐네

거친 돌 깨어 길에 부려 놓은 십자가길

맨발로 한번 걸어보았네

한 발 한 발 내디딜 때마다

아프게 다가오는 가시밭길 같은 길

발바닥에 아프게 닿을 때마다

당신의 거친 숨소리가 들리고

발이 아픈 게 아니라 가슴이 아파

가벼운 영혼마저도 어느새 무거운 십자가가 되고

하늘엔 불볕 더위 내리쏟고

나를 지고 힘겹게 오르면

악마가 내 주위를 계속 졸졸 따라오며 유혹한다지

붉은 장막으로 길을 막으며

저기 솔바람 부는 푸른 그늘을 가리키며

유혹한다지

이 악마 십자가길 끝까지 나를 따라오며 유혹하네

ㅋㅋㅋ

악마도 십자가길 걸었네

포도주

투명한 글라스 잔에 우아하게 담긴

붉은 포도주를 보면 연상케 되는

당신의 성혈,

그 포도주를 마실 때 마다

술이 아닌 당신의 성혈을 마신다고 생각하며

가끔씩 거룩한 기분으로 마시는 포도주,

혀끝에 닿으면 떫으면서도 약간 달콤한 듯

가슴으로 스치고 내려가는 알싸한 기분

이 기분으로 몇 잔 더 마시면

8할의 떫고 2할의 달콤함이 어느새 내 몸에도 발

효되어

넋두리로 나오네

사랑은 달콤하다고만 했는데

당신과 나의 사랑은 왜 항상 떫은 사랑으로 보였다

멀어졌다 하는지

떫은 사랑이라도 가슴에 간직하고 싶어

붉은 포도주 마지막 한 방울까지 남기지 않고 입을
다시며 빨아들이면
아릿한 떫은 사랑이 가슴으로 짜악 퍼지네

거룩한 밤이여

구름으로 오신

우울이 덕지덕지 엮인 커튼을 젖히고
병실의 작은 창을 향해 하늘을 바라봅니다

알코올과 항생제로 주눅 든
답답한 마음을 싹 씻어주기라도 하듯
하늘엔 거센 파도가
조각 조각 둔중하게 떠가는 빙산을 덥치며
포말을 일으키며 몰려옵니다

그리고 또 한 컷의 스크린이 지나가면

백마를 탄 당신이
온갖 물체를 이끌고
푸른 들판을 향해 달리시더니…

이제 또 수 천 마리 양떼를 몰고 어느 외로운 이를
찾아 가시나요

석양이 당신 가는 길을 오래 비추고 있습니다

오늘 하루도 즐거웠습니다

묵은 일기
– 고래고기

가난한 오씨 가문, 제사는 왜 그렇게 많은지
제삿날만 다가오면 엄마랑 나는
아버지한테 제삿장 비용을 타서 자갈치시장에 가곤
했지
시장 입구에 들어서면 할머니들이 줄줄이 가판에
고래고기 푸짐하게, 먹음직스럽게 썰어놓고
지나가는 사람들 입맛 당기게 했지
눈치 빠른 엄마는 제삿장도 보기 전에
내게 고래고기를 인심 좋게 사 주시곤 했지
비릿한 바다 내음 맡으며 자란 가시내
얇실하게 썰어놓은 고래고기 한 접시
바다를 삼키듯 잘도 먹었는데,

가계부를 점검하셨던 아버지 때문에
엄마는 내게 사 준 고래고기 값을 차마 쓰지 못하고
다른 것을 산 것처럼 슬쩍 거짓으로 적어 놓았는데
꼼꼼하게 챙기던 아버지한테 이내 들통나

딴 주머니 찬 것 아니냐고 성화셨던 아버지
그런 성화를 듣고도
다음 제사 때도 자갈치시장에서
어김없이 또 고래고기를 사 주셨던 엄마,
안 먹는다고 하면
울 엄마 마음 더 아플것 같아
아무말 없이 엄마 앞에서 맛있게 고래고기 먹은 날은
엄마가 아버지한테 쓴소리 듣는 날
나는 못 들은 척 옆방에서 눈물로 일기 쓰는 날

눈물에 대한 변명

어릴 적 유난히 잘 울었다는 울녀
그래서 유교사상 짙은 가부장적 집안의
유독 말수 적고 조용하게 사는 아버지와 할아버지는
자주 울어대는 울녀가 몹시도 언짢으셨다고,
집안에서 아이 하나 제대로 못 보고 울린다고
불호령은 언제나 울녀 엄마에게 튀었다고,
이런 두 어른의 근엄한 눈치만 보며 살아야 했던
울녀 엄마는
우는 울녀를 어떻게 해서라도 빨리 달래보려고
갖은 작전을 동원하기도 했는데,
'저 산에서 무덤 귀신이 내려와 우는 아이 잡아간다'
또는 제복 입은 경찰이 보이면
'저 경찰이 우는 아이도 잡아간단다' 고 겁을 주었
다지
어떤 때는 울녀가 울 때 때마침
스님이 와서 대문간에서 불탁을 두드리며 불경을
외면,

'저 스님이 우는 아이 잡아가려고 왔네' 하고
거짓말을 하여 울음을 그치게 했던
새댁 티 막 벗은 울녀 엄마

그래서 울녀는 산길을 지나다 무덤이 보이면 무섭고
경찰복 입은 경찰이 지나가면 주눅 들고
사찰의 부처님, 스님은 먼 손님인
아직도 어른의 아이
만약 울녀가 한없이 울 때
하늘에 계시는 하느님이 잡아간다고 했더라면,
그랬더라면
오늘 당신을 그리며 부질없이 흐르는 이 눈물은
없었을텐데

가족사진 1

– 할머니

나 어릴 적 본 할머니 모습은
풀기 없는 회색빛 옥양목 한복 입으시고
앞가르마 고운 머리에 낡은 은비녀를 꽂고 계셨던 분
그러나 앞을 제대로 보지 못하셨던 분
 6.25사변 때
하나 뿐인 아들 군에 가게 되자
 노심초사 밤낮으로 흐르는 눈물 닦고 닦으시다
 끝내는 오매불망 아들도 보지 못하게 되셨다고
 그리고 보니 내 할머니는 항상 눈을 감고 있는 듯
했지
 그래서 할머니는 언제나 내 손을 꼭 잡고 다니시길
좋아하셨지
 언제나 내 편에서 울타리처럼 보호해 주셨지
 거친 손바닥으로 잘 자라라고 내 여린 등을 쓰다듬
어 주셨지
 그런 나의 할머니 혼자서 화장실 갔다 오시다 넘어
지시어

자경전 작은 궁궐같은 꽃상여 타고
하얀 소복 입고 자지러지듯 절규하는
억새풀 곡소리 뒤로 한 채
깊은 산속으로 사라지고
하얀 곡 소리, 오십 고개 넘고 넘어도
아직도 산등성이 떼지어 서걱이는

저 목 쉰 억새풀 따라
나도 긴 머리 풀어헤치고
꺼억꺼억 울고 싶네

가족사진 2

– 할아버지

1.

등이 구부정한 나의 할아버지

산에서 쓸모없는 큰 나무둥치 하나 끌고 오셔서

마당 한가운데 두시고

허리 굽혀 돌며 열심히 나무를 파고 계셨지

할아버지 겨드랑이 사이로 가볍게 솟아 나오는

둥글고 하얀 시간의 속살

가슴 속 오래 묻어두었던 인고의 나날들 같은,

할아버지가 퍼 올린 시간만큼

깊게 비워진 구덩이,

그 구덩이 편안한 듯

파인 구덩이만큼 머리를 박고 자꾸 들어가시는

할아버지, 자궁 속 태아로 들어앉으셨다가

다시 태어나고 싶으신 것일까

할아버지 거동이 궁금해 한참을 지켜보고 있을 즈음

음~, 하는 긴 신음과 동시에

고개 들고 허리 펴시며

잠시 방향을 잡지 못하고 뒤뚱거리시던,

할아버지 머리 위로
함께 빙글빙글 돌던 오후의 햇살

마당 한가운덴 동그마니 놓여있는
세상에서 가장 쓸모 있는 절구통 하나

2.
하루 종일 할아버지 입에서 나오는 언어는
음, 음, 음, 하는
몇 마디 신호음이 고작
벙어리 아닌 벙어리 나의 할아버지

오씨 시조 오현필吳賢弼의 둘째 아들 오량吳良과,
셋째 아들 오원吳元의 외자 이름을 하나씩 따서
원량元良이란 남아 이름을 지어주신

말없는 하느님 닮은
나의 할아버지

가족사진 3
– 아버지

아주 오래된 장방형 낡은 학교 하나

늘 보면서 살았어

교단 오른쪽 태극기는 여전히 펄럭였지

태극기는 아버지의 가슴에 깊이 새겨진 애국기

장방형 건물 쉽게 허물어지지 않는 법

교실 내부는 세월을 고스란히 담은 채 삭아있지만

쾌쾌한 족보는 여전히 한 곳에 잘 보존되어 있고

공자, 맹자를 섬기던 유학사상은 꼿꼿하게 남아

君君 臣臣 父父 子子만 읊으시던

나의 아버지

세상 사람 다 아는

하느님도 부처님도 모르시고

하루 종일 대쪽만 다듬으시더니

대한의 역사는 치를 떨면서도 잊을 수 없다고

추억처럼 되새김질하시더니

6.25참전용사 증표 하나 가슴에 품고

순한 양처럼 자주 누워만 계시네

병실에서 어렵게 대세받으시자

두 손 모아 높게 올리시며

고개 푹 숙이고 기도하시네?

하느님, 당신은 참 대단하십니다.

가족사진 4
– 울 엄마

1.
밀양의 명물, 영남루가 환히 내려다보이고
그 절벽 밑으로 밀양강이 유유히 흐르는 삼문동
시내
한복판, 손씨네 쌍둥이 셋째 딸로 태어나신 울 엄마
하얀 속살 젖무덤처럼 차올라
푸른 명주치마 나풀거리는 것 입고
들놀이 한창 다니고 싶었던, 갓 스물 울 엄마
외할아버지한테 등 떠밀려 마지못해 시집을 갔다고
한다
시집 간 첫날부터 소금에 절여지는 삶은 시작되고
비릿한 젓갈내 나는 가난도 징그러운데
남편 시누 매운 시집살이에 치대어
벙어리귀머거리봉사 세월 십 수 년을
차디찬 독 안에서 눌려 보내고 나니
아삭아삭하던 푸른 꿈도 시어질 때로 시어져
노을빛 설움만 흥건히 고여 있더라고

당신을 묵은 김치에 비유하시던
울 엄마, 먼 곳 망연히 쳐다보며 지나가는 말처럼
하셨지
그래, 맞아
늙으신 엄마 치맛자락 끝에서 풍겨나는 체취는
장맛비 한창 내리는 유월 중순
짠물 단물 깊게 배인
굼굼한 묵은 김치 냄새

2.
그 옛날, 딸 쌍둥이를 낳으면 그렇게 창피했다고
외할머니, 갓 태어난 쌍둥이 엄마 죽으라고 다듬잇
돌로 눌러 놓았다나
그런데 안 죽고 살아 있어 질긴 생명이라 키웠다고
동네 아주머니한테 전설의 동화처럼 들려주던
엄마의 생명줄 한 소절을 바람지나가듯 듣고는
앞산 진달래 창백하게 흐드러지듯 울었네

3
시집오기 전 멋진 남자라도 있었던 걸까
아버지 귀가 시간이 늦는 날이면
방문가에 앉아 바느질 하면서 귀는 대문간에 두고
바느질 따라 노래 따라
이별의 부산 정거장을 간드러지게 부르고 또 부르
곤 하시더니
이제 그 간드러지게 부르던 노랫가락은 세월 속에
묻혔는지
십자수 놓듯 얼굴에 주름살만 새기며
지금은 아버지 병수발하시는 울 엄마

그래도 일요일이면 얼굴에 분 곱게 바르고, 립스틱
붉게 바르고
하느님 만나러 총총 가는 울 엄마,
이별의 부산 정거장에 나오는 주인공은 예전에 잊
었나봐

■ 해설

진지함과 고난 극복의 시학

-오원량 시집 「사마리아의 여인」 작품 세계

양왕용

(시인 · 부산대 명예교수)

1

오원량 시인의 시력은 꽤 오래되었다. 1989년에
20대의 젊은 나이로 등단한 이래 〈갈매시〉동인으로
활동을 하였으니, 20년도 넘었다. 그러나, 그 동안
결혼을 하고 남편을 따라 해외 생활을 하다가 보니
문예지에 발표할 기회는 많이 가지지 못하였다. 그
러던 그가 그의 신앙이기도 한 카톨릭시즘이 바탕이
된 시편들을 보내왔다. 필자는 개신교 신자이기는
하나, 천주교 역시 하느님과 예수님의 관계에서는

동일한 신앙고백을 하고 있기 때문에 주의 깊게 읽어 보았다.

그의 신앙시나 혹은 종교시편들은 다른 사람들의 작품들과는 다른 경지의 작품들이었다. 우리가 신앙시라 하면 시인이 신앙을 직접 고백하는 시를 연상하기 쉽다. 이러한 시는 일종의 선교를 목적으로 하는 시 즉 경우의 시(an ocasional poem)라고 명명할 수 있겠는데 일찍이 T.S.Eliot이 그의 글 「문학과 종교」에서 종교시라는 명칭은 이류시로서 존재한다고 보고 있다. 물론 이 때의 이류라는 것이 기독교를 손상시키는 것은 아니지만 본격적인 시는 되지 못한다는 입장에서 일컫는 용어이다. 이러한 시들은 문학적 판단과 종교적 판단을 분리하는 이원적 태도에서 기인한 것이라는 것이 엘리옷의 관점이다. 진정한 문학은 문학적 판단과 종교적 판단을 분리할 수도 없고 해서는 안 된다는 것이다. 이러한 주장에 필자 역시 동감한다. 종교적 판단과 문학적 판단 나아가서는 시인 자신이 살고 있는 삶과 종교적 태도가 분리 안된 시를 구태여 종교시 혹은 기독교시라는 명칭을 부여한다면 무의식적 종교시 내지 기독교시라고 할 수 있을 것이다. 그리고 이러한 태도는 기독교의 역사가 오래된 서양에서는 이미 오래

전에 정착된 경향이다. 서양문학사에서는 그냥 시가 있으며, 소설이 있을 뿐이지 기독교시 혹은 기독교소설이라는 용어는 없는 것이다.

북경에서 그라몽 신부의 영세를 받고 돌아온 이승훈에 의하여 1784년 시작된 한국천주교의 출발은 1884년의 개신교의 의료선교사 알렌이 입국한 꼭 100년 전이었다. 따라서 오원량 시인의 신앙인 천주교의 우리나라 전래의 역사는 230년 전이다. 이렇게 한국의 카톨릭 교회와 개신교 교회는 각각 230년과 130년의 역사를 가지고 있다. 이러한 시점에 한국 시단은 무의식적 기독교시를 창작하는 천주교와 개신교 시인을 많이 가져야 한다. 즉 기독교 세계관이 육화된 시들이 많이 탄생할 시점이 되었다고 볼 수 있다. 물론 그 동안 한국시사에는 천주교의 정지용, 개신교의 윤동주 같은 대표적 시인말고도 많은 기독교 시인들이 있어 왔다. 오원량 시인의 경우 그가 종교시를 카톨릭시라고 명명하고 있지만, 필자가 보기는 결코 목적시로서의 카톨릭시가 아니라, 무의식적 카톨릭시 즉, 이류시가 아닌 본격적인 시들이다. 이러한 관점에서 오원량 시인의 시가 어떠한 특성을 가진 작품들이기에 무의식적 카톨릭시라고 볼 수 있는가를 밝혀 보기로 한다.

2

    제1부 시편들의 시적공간은 성지순례 길에서 시적
모티브를 준 장소들이다.

  (ㄱ)광야 언덕 빼곡히
    골방으로만 이루어진 나자렛
    그 나자렛 골방 하나 빌려
    지난밤 어둠의 이불을 덮고
    새벽닭이 울 때까지
    당신과 수많은 얘기를 나누었던 것 같았는데
    자줏빛 아침이 어둠의 이불을 밀치자
    당신은 어젯밤 일을
    투명한 창에 새겨 놓고
    당신 아버지께 이끌려 분주히 떠나셨구려
    나자렛 작은 창을 열자
    십자가 첨탑 위에서
    눈을 지그시 감으신 채
    목을 축 늘여 오른쪽으로 귀를 기울이시고
    세상 모든 사람들의 기도
    참 오래도 경청해 주시는구려
    맨발의 나자렛 당신이여
                  –「나자렛에서」 전문

  (ㄴ)이스라엘의 작은 마을 예리코를 지나
    서북쪽으로 유대 광야 우뚝 솟아 있고

그 거대한 협곡 와디켈트
수많은 동굴 중의 동굴 하나 자리잡고
서른 세 살의 건장한 당신
요르단강 푸른 물에 세례를 받으시고
40일 동안의 금식기도 중
배고픔과 목마름에
악마에게 유혹을 받았다는 당신
저 또한
당신의 악마가 되어
당신을 유혹하고 싶습니다
진실로 진실로
오로지 진실만을 외치신 당신
그 유혹의 산에서 뛰어내려
어서 제게 오소서.

−「유혹의 산 아래 서서」 전문

(ㄷ)가시관 쓰고, 무거운 십자가 메고
　　힘겹게 한 발 한 발 내딛던
　　당신의 발자국은 없어도
　　로마시대의 비아 돌로로사는 더 견고하게
다져져 남아있는 길,
　　그 길을 순례자들은
　　걷는다
　　밟는다
　　당신이 죄 많은 우리를 구원해주고 고통스럽
게 갔던 길이라며
　　묵묵히 고개 숙여 경배하며
　　천마행렬 줄지어 가는
　　골고타길,

당신은 이제 없고
당신의 고통의 흔적도 없고
당신을 향한 기도도 없고
단지 당신을 배반한
유다만 있고
모함멧만 있는 길
그래서 고통스런 길
하여 그 길을 이제 잊기로 결심했을 때
내려오는 내내 더 고통스러워
나의 십자가 길이었던
길

　　　　　　－「비아 돌로로사(Via Dolorosa)」전문

　(ㄱ)「나자렛에서」는 성모 마리아와 요셉의 고향
이자 베들레헴에서 탄생한 예수님이 강보에 싸여 헤
롯을 피하여 애굽으로 갔다가 헤롯이 죽자 돌아와 유
년시절부터 공생애가 시작되기 직전인 30세까지 사
신 '나자렛'이 배경이 된 시이다. 이로 인하여 예수
님은 '나자렛 예수'라고 불리워지기도 한다. 이곳에
서 예수님은 양부인 요셉을 도와 목수 일을 하며 어
린 동생들과 함께 지냈다. 나자렛은 이스라엘 갈릴리
지방 남부에 있는 도시로 구약성서에는 보이지 않는
지명이다. 그러나 신약성서에 예수님의 유년시절의
삶의 터전으로 소개되어 있으며, 성모 마리아가 천사
가브리엘의 축복을 받은 성수태고지 바실리카가 자

리하고 있는 도시이다. 현재는 이스라엘 안의 아랍인 마을로 인구 66,040명(2006년)의 60%의 아랍인들은 천주교인이다. 그들은 순례자와 관광객을 상대로 한 상업에 주로 종사한다. 요셉이 목수 일을 하던 집터 위에는 '성요셉 교회'가 세워져 있다. 이곳을 오원량 시인은 방문하여 하루밤 머물었다. 나자렛은 콘크리트 건물이 대부분이고 도시 자체는 볼품이 없다고 한다. 이러한 도시를 시인은 '수태고지 바실리카'와 예수님의 유년의 모습을 찾기 위하여 방문하였다고 볼 수 있다. 그런데 이 시에서는 그러한 유적들에서 받은 감동은 철저히 배제되고 있다. 그가 밤새 예수님과 대화를 나누었으며, 날이 밝아오자 '당신 아버지에 이끌려 분주히 떠나셨다'는 시적 상황을 설정하여 그의 신앙을 고백하고 있다. 그러나, 그와 대화를 나누다가 날이 밝자 떠났다고 생각한 예수님은 그가 잠잔 골방의 작은 창을 열자 '십자가 첨탑 위에서 눈을 지그시 감으신 채' 세상 사람들의 많은 기도를 오래 동안 경청하고 있지, 결코 떠난 것이 아니라고 인식하고 있다. 이러한 시적 전개과정은 예수님을 결코 하늘나라 아버님 왼편에 앉아 계시는 성자가 아니라, 지금도 이 땅 위에서 인간의 삶과 역사를 주관하시는 성령 예수님으로 인식한 것이다. 이렇게

이 시는 단순한 성지순례지에서의 감동이나 신앙고백의 경지를 넘어 오 시인의 세계관을 지배하는 예수님을 형상화한 것이다. 그리고, 결코 나자렛에 얽힌 성모 마리아와 예수님의 이야기를 생각하여 감격하고, 그러한 예수님을 믿지 않는 사람들에게 믿기를 소망하고 당부하는 목적시로서의 성지순례시가 아닌 것이다.

따라서 그의 시는 그의 카톨릭 세계관의 반영이자 무의식적 기독교시의 경지를 충분히 획득하였다고 볼 수 있다.

(ㄴ)「유혹의 산 아래 서서」는 예수님이 세례 요한으로부터 요단(요르단)강에서 세례를 받으시고 40일간 금식 기도하는 중 한 마귀의 유혹을 받으셨다는 (누가 4:1-13, 마가 1:12-13) 그 산이 시적 배경이 된 작품이다. 예수님은 40일 동안 금식 기도를 하면서, 악마들로부터 '돌이 떡이 되게 하라'는 유혹과 '내게 절하면 환상으로 보여준 세상 권세를 모두 주겠다'는 유혹과 '성전 꼭대기에서 뛰어 내리라'는 유혹을 받으셨다. 예수님은 그 때마다 구약성서 '신명기'의 말씀을 인용하면서 그 배고픔과 세상권세지향, 이적행함의 유혹을 물리치셨다.

그런데, 이 시에서 시적 화자인 오 시인은 그 자신

도 예수님을 유혹하는 마귀가 되고 싶다고 진술하고
있다. 이것을 외면적이고 축어적으로만 읽으면, 예
수님을 시험하는 반신앙적인 표현이 될 수도 있다.
그러나, 끝부분 '진실로 진실로/오로지 진실만을 외
치신 당신/그 유혹의 산에서 뛰어내려/어서 제게 오
소서'에서 그 자신의 철저한 신앙고백의 의도를 엿
볼 수 있다. 따라서, 이 시는 역설적 혹은 반어적 어
조로 쓰여진 시라고 볼 수 있다. 즉, 시적 화자는 온
갖 이 세상의 유혹이 있을 때마다 예수님의 진실만
외치신 그 모습으로 그것들을 극복한다는 그 자신의
의지를 이렇게 표현한 것이다. 특히 산이 보통 산이
아닌 '유혹의 산'이기에 거기서 뛰어내리는 것은 이
세상의 온갖 유혹을 초월하는 초월의지인 것이다. 오
시인과 필자 뿐만 아니라 많은 기독교인들이 사회생
활을 할 때마다 세상적인 성공을 위하여 세속적인 방
법들과 타협하고 싶은 유혹을 받을 수밖에 없다. 그
때마다 조금만 조금만 하고 타협하면 세상적인 성공
을 거둘 수 있다. 그러나 그 때마다 진정한 기독교인
은 40일간의 금식기도 중 예수님이 당한 유혹을 생
각하며 그러한 타협을 물리칠 수 있다.

따라서 (ㄴ)은 오 시인의 삶의 태도에 지표가 되고
있는 예수님의 행적이 무의식적으로 표출된 작품이

다. 특히 세상 유혹이 더욱 악랄할 때에는 오직 예수님만 의지하여 그것으로부터 신앙과 양심 그리고 사람답게 사는 길을 찾아야 한다는 점이 이 시의 저변에 깔려 있다.

(ㄷ)「비아 돌로로사(Via Dolorosa)」의 제목 '비아 돌로로사'는 예수님이 로마병정들에게 붙잡혀 본디오 빌라도에게 재판을 받으셨던 장소로부터 십자가에 달리셨던 골고다 언덕까지 약 800의 거리를 라틴어로 '비아 돌로로사'라고 한 데서 붙어진 제목이다. 길을 의미하는 'Via(street)'와 슬픔을 의미하는 Dolorosa(sarrowful)가 합쳐진 단어인데 우리나라에서는 '십자가의 길', '고난의 길' 혹은 '통곡의 길', '아픔의 길'이라고 번역하기도 한다.

이 길은 14세기 프란치스코 수도사들에 의하여 확정된 길로서 오늘날 순례자들이 걷는 이 길은 각각의 의미를 지닌 14개 지점이 있으며(18세기에 확보되어 19세기 이후 고고학 발굴을 통하여 확인) 매주 금요일 오후 3시부터 순례자들이 십자가 수난을 기리는 의식을 거행한다. 그리고 그 지점마다 천주교의 기념성당과 개신교 각 종파에서 건립한 기념교회들이 많이 서 있다. 따라서, 이 길은 예수님 당시의 모습과는 거리가 멀고, 이스라엘과 접경한 이슬람권 즉 아랍계

국가들과의 대립과 그로 인한 긴장 그리고 관광객을 상대로 한 상인들의 호객행위 등으로 정말 번잡하다. 이상과 같은 긴장과 세속적인 모습의 길을 오 시인은 순례자가 되어 예수님이 가시관 쓰고, 십자가 메고 고통스럽게 걸어간 모습을 생각하며 걷는다. 그런데, 오 시인이 이 길을 걸으며 느낀 감회는 이 길에는 당신(예수님)의 부재이다. 뿐만 아니라, 예수님의 고통의 흔적이나 예수님을 향한 기도도 없고, 있는 것은 유다의 배반과 모함몟 즉 예수님을 빙자한 상행위와 아랍권과의 갈등과 위험만 있다고 인식하고 있다. 그래서, 이 길은 또 다른 고통을 주는 '고통의 길'이라 잊기로 결심했기에 더욱 고통스럽고 그 고통으로 인하여 오 시인 자신에게도 십자가의 길이 되었다고 하고 있다.

이러한 오 시인의 태도 역시 단순한 순례자가 아니라, 변질되어 버린 '비아 돌로로사'의 모습과 상황에서 잘못된 인간의 방식에 대하여 비판하고 있다고 볼 수 있다.

지금까지 살펴본 성지순례 시편들은 단순한 신자로서의 반응이 아니라, 오 시인 자신의 신앙과 세계관 전체가 반영된 것들이다. 따라서, 앞에서도 잠시 언급하였지만 이러한 시편들의 시가 기독교인 시인

들에 의하여 많이 쓰여져야 한국시의 시정신이 심화
되고 세계성을 획득하게 될 것이다.

3

　제2부에 수록된 시편들은 주로 오 시인의 국내의
등산 체험들이 시적공간이 된 작품들이다. 이 작품들
역시 등산에서 느낀 자연의 웅장함이나 산정에서 바
라보는 확 트인 정경에 감동하는 일반적인 산행시와
는 거리가 먼 작품들이다.

　(ㄱ) 이른 아침 한계령을 올랐네

　　　하얀 날갯죽지 힘껏 늘여 펴고
　　　느릿느릿 거대한 몸짓으로
　　　바다를 향해
　　　산을 옮기는 당신

　　　산부리에 매 번 할퀸
　　　동해 바다가
　　　낮게 엎드려
　　　길을 내고 있었고

　　　당신은 항상 바쁘시군요

거대한 새 한 마리

비상을 하듯

당신은 그렇게 왔다가 아득히 사라지고

바다 등짝 위로 가볍게 떨어지는 하얀 깃털을

햇살이 한없이 쓸어내고 있는

　　　　　　　　　　　　　　　－「신비스런」전문

(ㄴ)욕망의 짐을 지고 한 발 한 발 고지를 향해 오

릅니다

오를수록 뜨겁게 타오르던

천 근 같은 육신

태울 것 다 태우고 한 줌 재로 남은 듯 가벼워집니다

푸른 깃발처럼 펄럭이며 당신을 불러봅니다

메아리로 돌아오는 당신의 말씀에

길들지 못한 내 안의 내가 순종하는 법을

배웁니다

내 어깨를 짓누르던

내 발목을 잡고 길을 막던 쓰디쓴 절망도

당신의 말씀 앞에서 굴복했나 봅니다

붉고 예리한 초침으로 가슴을 조여오던

나의 가난한 시간들도 어디서 길을 잃었나

봅니다

시간이 정지되고

내가 정지된 채

이 산정에 서 있으면

성경의 당신이 더 가까이 보이고 더 가까

이 들리는 것 같아

천지사방 신비함에 눈을 뗄 수가 없는

제 선한 모습

을, 창조의 하느님!

오래 오래 기억해 주세요

—「산정에서 만난 당신」 전문

(ㄷ) 태울 것 다 태우고 뼈대 하나로 섰습니다

이제 구름의 영혼이요

바람의 영혼이옵니다

구만 리 구천 그 끝자락에서

이 흰 뼈대 하나 남기고

장터목에 발 빠뜨리고

뉘엿뉘엿 넘어가는 해 그림자나 되어 주렵니다

바람의 지팡이 되어 주렵니다

구름의 지팡이 되어 주렵니다

당신의 지팡이가 되어

당신만을 순종하는 종이 되렵니다

—「지리산 제석봉」 전문

(ㄹ) 산 그림자, 2층 통나무집 산장을 말없이 통째

로 삼킨다

더 이상의 등정이 허락되지 않는 입산 통제 시간

우리 모두는 당신의 순리에 순종할 줄 아는 순한

양처럼

제각기 한 짐씩 지고 온 아릿한 정을 산장 한 켠

에 풀어

한데 모아 놓고 누울 자리 하나 분주히 만들었지

희미한 산장 등불이 우리의 노곤한 몸을 힐긋힐긋

엿보며

돌아앉는다 현세의 역한 냄새가 맡기 싫다는 듯,
수렴동 별들도 우리를 향해 사정없이 콕콕 찔러대고
그러고 보니 도시의 별들도 여기에 다 모였네
계곡의 성경은 밤새도록 우리를 잠 못 자게 낭낭
하게 외치고
그래도 한 잔 술에 쉽게 쓰러진 육신
당신이 보듬어 주셨나요
어젯밤, 그 달콤한 품에서 벗어나지 못한 나는
운무에 덮힌 채 길을 잃고
아직도 당신 품을 헤매고 있습니다
　　　　　　　　　－「설악, 수렴동 산장에서 1박」 전문

(ㄱ)「신비스런」은 이른 아침 한계령을 올라 동해바다를 바라보며 느낀 신비스런 모습이 당신(하느님)에의하여 창조되고 주재된다는 오 시인의 자연관을 나타낸 시이다. 천지를 창조하신 당신(하느님)에 대한기록은 구약 성경 〈창세기〉 1장에 기록되어 있다. 이기록은 기독교인들에는 기독교적 자연관의 근원이다. 뿐만 아니라, 천지를 만드시고 주재하신다는 하느님의 역사하심은 구약 〈시편〉과 신약들에도 도처에 나타나 있다. 기독교인들은 이러한 자연관의 바탕 위에 때로는 비유를 사용하여 하느님은 산도 움직이게 하신다는 신앙고백을 한다. 이러한 기독교적자연관을 가지고 오 시인은 새벽 한계령 위에서 점점

밝아오는 동해바다와 산들을 바라보고 있는 것이다.

그런데, 그러한 신비스러운 정경에 대하여 전혀 시인 스스로 감정을 드러내고 있지는 않다. 그러나, 당신(하느님)의 정체를 거대한 새 한 마리로 비유하여 누구나 공감할 수 있도록 형상화하고 있다. '당신(하느님)은 항상 바쁘시다'는 진술에 이어서 '거대한 새 한 마리'의 비유를 등장시켜, 감각적이고 구체적으로 형상화되어야 시적 감동을 수반한다는 무의식적 기독교시의 창작 원칙을 철저히 지킨 작품이 바로 이 시이다.

(ㄴ)「산정에서 만난 당신」은 정지용의 한라산 등정 시편인 산문시 「백록담」을 연상하게 한다. 그러나, 기독교적 관점에서 보면 정지용의 시에는 창조주 하느님의 역사하심이 구체적으로 드러나 있지 않은 한계성을 가지고 있다. 반면에 오 시인의 시는 산정으로 올라가면서 겪는 육신의 고통 속에서 하느님 당신을 불러 보다가 끝내는 하느님을 만나게 된다는 점에서 정지용 시인의 한계를 극복하고 있다

사실 등산을 하면서 정상에 오른다는 것은 그것이 낮은 산이든 높은 산이든 육신의 한계를 극복하는 과정을 여러 번 겪게 된다. 비록 신앙을 가지지 않은 등산객도 그 때에는 절대자에게 호소하게 된다. 그러

나, 신앙을 가진 사람들 가운데도 자기가 가진 신앙의 대상에서 한계를 극복해 달라는 기도를 망각할 때도 있다. 왜냐하면, 육신의 고통 자체에 매달리면 하느님의 존재를 잊을 수도 있기 때문이다. 오 시인은 그러한 한계점을 철저히 통제하고 있다. 말하자면 육신의 고통 속에서 만난 하느님 때문에 산정에 서는 순간 이 시의 후반부처럼 천지사방의 신비함으로 인하여 창조주 하느님을 더욱 생동감 있게 만나게 되는 셈이다.

이러한 등산 체험에서의 시적 태도 즉 자연관은 그의 신앙이 성서나 성당 속에만 갇혀 있는 것이 아니라, 삶 전체의 모든 것을 주관하는, 심지어 제1부에 있는 시「마루다의 저녁」처럼 저녁 반찬을 위해 양파를 자르는 생활 속에서도 창조주의 능력을 느끼는 총체적 신앙인 것이다. 이러한 신앙을 가져야 무의식적 기독교시를 쓸 수 있다는 것을 증명해 주는 시가 바로 이 작품이다.

(ㄷ)「지리산 제석봉」과 (ㄹ)「설악, 수렴동 산장에서 1박」은 이러한 육신의 한계를 극복하는 등산체험의 구체적 장소가 시적 공간이 된 작품들이다. (ㄷ)에서 오 시인이 각주로 밝히고 있지만, 지리산 제석봉 일대는 약 33만m² 의 완만한 비탈로 고사목만

있고 나무 하나 없는 초원이 펼쳐져 있다. 그런데, 사실 이 고사목 군락은 자연에 의하여 생긴 것이 아니라, 자유당 정권 말기 권력자의 친척이 거목들을 무단으로 배어내고 그 증거를 없애기 위해 방화하여 생긴 곳으로 알려져 있다. 그런데도 그러한 사회 부조리에 대한 분노보다도 우리는 그곳에서 오히려 태울 것 다 태우고 뼈대로 서 있는 자연의 경외감에 잠기기도 한다.

특히 황량하기 짝이 없는 고사목 지대에서 점점 가진 것 버리고 뼈만 남은 사람들의 노년의 모습을 발견하기도 한다. 그런데 오 시인은 여기서 조차 당신(하느님)의 지팡이가 되어, 당신 만을 순종하는 종이 되겠다고 다짐한다. 고사목은 결코 쓸모 없는 것이 아니라 그림자가 되고 바람과 구름의 지팡이 끝내는 창조주 하느님의 지팡이이자 종이 되는 것이다. 이러한 삭막한 사물에서도 발견되는 긍정적이고 남에게 봉사하는 자세를 발견하는 것 역시 그의 총체적 신앙에서 왔다고 볼 수 있다.

(ㄹ)은 정말 열악한 산장에서의 1박 하는 것에서도 당신(하느님)의 품을 발견한 작품이다. 열악한 잠자리와 대조되는 현세를 초월한 수렴동의 별과 계곡 물소리를 성경에 비유한 것 역시 오 시인의 시적 역량

이 돋보이는 시적 수사이다. 이러한 시적 수사는 비단 이 작품에서만 보이는 현상은 아니다. (ㄱ)「신비스런」의 경우도 그렇고 이곳에서도 그렇다. 이러한 시적 수사 즉 자연을 적절히 비유로 등장시키는 것으로 인하여 이 시들은 기독교인이 아닌 독자들에게도 충분히 감동을 줄 수 있을 것이다. 그리고 이러한 독자들을 확보해야 그것이 무의식적 기독교시의 최종의 도달점이 되는 것이다.

등산 체험의 시편들은 비록 인용하지 않은 작품들도 기독교인이 아닌 등산가들에게 읽혀 그들이 등산하는 의미를 더욱 거룩하게 하여 충분히 성화시킬수 있을 것 같다. 그리고 그들 가운데 몇 사람이라도 오 시인이 가진 천주교, 특히 극기적 신앙에 귀의하게 된다면 그것이 바로 오 시인을 통한 하느님의 역사하심이다.

4

제3부는 두 가지 경향으로 나누어져 있다. 오 시인의 생애와 가족을 포함한 자전적 이야기가 시적 제재가 된 경향과 봉선화나 포도주 같은 일상에서 만날

수 있는 사물이 시적 제재가 된 경향으로 나눌 수 있다. 그리고, 그의 자전적 신앙고백인 「지독한 사랑」를 비롯하여 시들 대부분이 그 자신의 살아온 삶의 역정을 여과없이 드러낸 시편들이다. 따라서, 이 두 경향 즉 그의 가족과 일상은 과거와 현재의 오 시인의 삶의 공간이라는 점에서 한꺼번에 읽힐 수 있을 것이다. 그의 가족에 대한 시는 집중으로 분석을 하지는 않기로 한다. 다만 「묵은일기-고래고기」, 「가족사진1-할머니」, 「가족사진2-할아버지」 같은 시편들에서 제사 많은 지독히 가난한 오씨 가문에서 오 시인은 가부장적이고 꼼꼼하기 짝이 없는 아버지와 아버지 몰래 제사장 볼 때마다 딸에게 고래고기를 사주는 자비로운 어머니의 사랑을 받고 자랐음을 알 수 있다. 그리고 그의 할머니는 6.25 때 군에 가신 아버지 즉 할머니의 아들 때문에 노심초사하여 흘린 눈물로 눈이 어두워진 전형적인 한국의 여인상을 간직한 사람이었고, 할아버지는 오씨 시조 오현필의 둘째 아들 오량과 셋째 아들 오원의 외자 이름을 하나씩 따서 오 시인의 이름을 원량으로 지어준 과묵하면서도 손녀를 사랑하는 할아버지임을 알 수 있게 한다.

전통적인 유교가문 출신인 그가 하느님을 만난 것은 다음에 인용할 그의 자전적 고백의 시 「지독한 사랑」에서처럼 데레사여자중학교에 입학하여 부터이다.

진달래 꽃물 엷게 오르던 갓 십 대
그미는 성녀 소화 데레사 학교를 다녔지
가난한 달동네 아래, 학교와 마주 한 소담한 성전
도 있어
그미 영혼 외로울 때 자주 쉬다가곤 했던 곳
멍하니 당신 십자가만 뚫어져라 바라보다 갔던 곳
그러나 간절한 기도 한번 한적 없는
그리고 그미는 또 맑디 맑은 황령산 자락
마리아 전교자 프란시코 수녀회 학교를 다녔던가
그미의 외로운 병은 점점 깊어지고
그때마다 황령산 동산에 올라 자신을 다독이고 내
려오면
어둑한 산그림자만 말없이 그미 뒤를 따라 같이
내려오곤했지
이제 생각하니 그미는 그 동산에서 한 송이 외로
운 구절초로 살았나봐
구절초 같은 미소로 당신에게 다가갔었는데
당신은 봄이 오면 하얀 목련으로 왔다가
가을이면 앙상한 가지만 남기고 홀연 가버린,
당신을 애타게 부르며 다가갔지만
끝내 모른 척 함구한
성모 마리아의 간구까지 귀담아 듣지 않은
수 십 년 세월이 지나도록 잊혀지지 않는
아직도 못다 이룬 사랑

이 지독한 사랑

                       −「지독한 사랑」 전문

    앞에서 인용한 「지독한 사랑」은 오 시인이 데레사 여자중학교와 성모여자고등학교를 다니며, 하느님을 만나게 된 그의 생애가 시적 제재로 되어 있다. 그런데 그는 운명처럼 만난 카톨릭 계통의 중고등학교 6년 동안의 하느님과의 관계를 '못다 이룬 사랑' 즉 '지독한 사랑'으로 표현하고 있다. 물론 이것은 오 시인의 잘못도 하느님의 무심함도 아니다. 어쩌면 제사 많은 가난한 오씨 가문에 태어난 그가 데레사여자중학교에 입학한 것 자체가 하느님의 역사하심이고 그의 10대 즉 우울한 사춘기의 방황과 실족을 극복한 계기라고 볼 수 있다. 중고교 시절 6년 동안 그는 영혼의 외로움을 충족하기 위한 적극적인 형태의 신앙행위를 망설이면서, 하느님과의 관계는 다가갔다가 헤어지는 반복의 연속이라고 인식하고 있다. 6년 동안의 그의 삶을 외로운 구절초로 비유하면서 하느님에로의 다가감이 성모마리아의 간구로도 표현되었지만 내쳐졌다고 보고 있다. 그러나, 아직도 잊혀지지 않고 못다 이룬 사랑으로 남아 있기 때문에 그야말로 지독한 사랑이라는 이 시로 마무리되고 있다.

오 시인의 이러한 태도는 어쩌면 6년 동안의 방황을 하느님 탓이라고 원망하는 태도로도 읽힐 수 있다. 그러나 필자는 그렇게 생각하지는 않는다. 만약 그의 소망이 그 시절에 이루어졌으면, 그의 삶이 크게 바뀌고 그는 시인이 될 수 없었을 수도 있다. 그리고, '아직도 못 다 이룬 사랑 /이 지독한 사랑' 으로 인하여 그는 한 단계 높은 신앙시를 쓰게 된 것이며, 그의 신앙이 균형을 이루고, 6년 동안의 방황 때문에 그의 삶 전체가 기독교적 세계관으로 무장되었다고 보아진다. 말하자면, 이러한 그의 삶에 대한 역설적 표현이 바로 이 시라고 보아도 될 것이다.

그의 일상에서 만날 수 있는 사물들이 시적 제재가 된 다음의 작품들에 대하여 살펴보기로 한다.

(ㄱ) 장독가 말없이 핀 봉선화가
　　밤마다 당신께 편지를 썼군요

　　하고 싶은 말이 너무 많아
　　무슨 말부터 써야할지 몰라

　　날밤 새도록

　　쓰다 버리고

　　쓰다 버리고
　　　·

·
　·
결국 제 살 다 사른

그 뜨거운 연서

아직도 부치지 못했군요
　　　　　　　　　　－「봉선화 편지」 전문

(ㄴ) 투명한 글라스 잔에 우아하게 담긴
　　붉은 포도주를 보면 연상케 되는
　　당신의 성혈,
　　그 포도주를 마실 때 마다
　　술이 아닌 당신의 성혈을 마신다고 생각하며
　　가끔씩 거룩한 기분으로 마시는 포도주,
　　혀끝에 닿으면 떫으면서도 약간 달콤한 듯
　　가슴으로 스치고 내려가는 알싸한 기분
　　이 기분으로 몇 잔 더 마시면
　　8할의 떫고 2할의 달콤함이 어느새 내 몸에도
　발효되어
　　넋두리로 나오네
　사랑은 달콤하다고만 했는데
　당신과 나의 사랑은 왜 항상 떫은 사랑으로 보였
다 멀어졌다 하는지
　떫은 사랑이라도 가슴에 간직하고 싶어
　붉은 포도주 마지막 한 방울까지 남기지 않고 입
을 다시며 빨아들이면
　아릿한 떫은 사랑이 가슴으로 짜악 퍼지네

거룩한 밤이여.
-「포도주」전문

(ㄷ) 당신을 사랑한다고 주문처럼 중얼거리고
　　다니면서
　　　당신 사랑한 흔적은 보이지 않고
　　　주머니 속엔 구겨진 영수증
　　　핸드백 속엔 나의 낡은 흔적만 굴러다니고
　　　오늘 이 모든 것 다 버리겠다고 마음 먹고
　　　너절한 소지품을 정리하다 발견한
　　　빛바랜 묵주 하나,
　　　나의 손끝에서 바래지 못하고
　　　내 삶의 구석에서 조용히 빛 바랜,
　　　내가 당신을 사랑한 게 아니라
　　　당신이 나의 사랑을 갈구하다
　　　이렇게 바래졌나 싶어
　　　진정으로 회개를 구하는 마음으로
　　　묵주를 돌리며 소중한 사랑을 한 알 한 알 더
　　듬어 봅니다.
-「빛 바랜 묵주」전문

(ㄹ) 우울이 덕지덕지 엮인 커튼을 젖히고
　　　병실의 작은 창을 향해 하늘을 바라봅니다

　　　알코올과 항생제로 주눅 든
　　　답답한 마음을 싹 씻어주기라도 하듯
　　하늘엔 거센 파도가
　　조각 조각 둔중하게 떠가는 빙산을 덥치며
　　포말을 일으키며 몰려옵니다

그리고 또 한 컷의 스크린이 지나가면

백마를 탄 당신이
온갖 물체를 이끌고
파란 들판을 향해 달리시더니...

이제 또 수 천 마리 양떼를 몰고 어느 외로운
이를 찾아 가시나요
석양이 당신 가는 길을 오래 비추고 있습니다

오늘 하루도 즐거웠습니다
　　　　　　　　　　　　　－「구름으로 오신」 전문

　(ㄱ)「봉선화 편지」는 장독대 옆에 핀 봉선화가 시적 제재가 되어 있다. 봉선화가 당신께 쓴 편지의 당신은 그의 신앙의 대상인 하느님이라고 짐작할 수 있다. 그러나, 그 뜨거운 연서를 쓰기만 하였지만 부치지 못했다고 마지막 행에서 술회한다. 어쩌면 봉선화는 하느님을 향한 '지독한 사랑'을 하고 있는 오 시인 자신의 페르소나라고 볼 수 있다. 그는 앞에서 인용한 다른 시편들처럼 총체적이고 진지한 신앙을 가졌음에도 그는 아직도 미완성된 것이라는 겸손한 태도를 가지고 있다. 이러한 점은 진정한 기독교인이 가지고 있는 겸손이요 목마름인 것이다. 사실 많은

신앙인들은 이러한 겸손과 목마름을 가지지 않고도 완성된 신앙을 가지고 있다고 오판하는 경우가 많다. 그러나 오 시인은 이 시의 '봉선화'처럼 결코 그렇지 않다고 볼 수 있다.

(ㄴ)「포도주」는 포도주를 맛보면서 하느님의 성혈을 연상하는 기독교인이면 누구나 가질 수 있는 보편적 정서에서 출발하였다. 그러나, 그는 몸 속에 들어가 성화되는 포도주에 감격하기보다 포도주의 떫음에 대하여 주목하고 있다. 그 자신의 표현대로 2할의 달콤함보다 8할의 떫음이 포도주의 진정한 맛이라고 볼 수 있다. 그런데 그 떫음이 그 자신과 하느님의 '떫은 사랑'으로 치환된다. 달콤한 사랑보다 고통스럽고 진지한 떫은 사랑을 오 시인은 형상화하고 있다. 즉, 가장 인간적인 고뇌에 쌓인 사랑, 그것이 현대를 살아가는 기독교인의 진정한 모습일 것이라고 본 것이다. 이러한 인식 역시 그의 총체적 기독교세계관의 결과로 나온 것이다.

(ㄷ)「빛 바랜 묵주」는 천주교 신자들의 필수품인 '묵주'가 시적 제재로 된 작품이다. '빛 바랜 묵주'에서 당신을 향한 시인 빛바랜 사랑을 발견한 것이 아니라 당신이 나의 사랑을 갈구하다 빛 바래졌다고 인식한 점은 「지독한 사랑」에서의 사랑과는 차원이

다른 사랑이다. 즉 내가 다가갔으나 내침 당한 사랑이 아니라, 그리고 사랑은 내가 사랑하는 것이 아니라 하느님이 '나'를 사랑하는 것이라고 인식하는 온전한 사랑의 단계가 되는 것이다. 즉 '빛 바랜 묵주'는 내가 당신을 사랑한다고 갈구하다가 빛이 바래진 것이 아니라 당신(하느님)이 나의 사랑을 갈구하다가 이렇게 빛이 바래졌다고 인식하여 당신(하느님)을 사랑하지 못함에 대한 회개를 구하는 단계가 된 것이다. 요한1서 4장 10절 '우리가 하느님을 사랑한 것이 아니요, 하느님이 우리를 사랑하사 우리 죄를 속하기 위하여 화목제물로 그 아들을 보내셨음이라'와 19절 '우리가 사랑함은 그가 먼저 우리를 사랑하셨음이라'에 근거한 사랑의 고백인 것이다. 이러한 진리를 알면서도 우리는 때때로 우리가 먼저 하느님을 사랑한다고 착각하고 있다. 오 시인은 「빛 바랜 묵주」를 돌리면서, 그 착각을 회개하고 있는 것이다.

(ㄹ)「구름으로 오신」은 '우울이 덕지덕지 엮인 병실의 커튼'을 열고 하늘의 구름을 보면서 하느님의 오심을 발견하는 시이다. 말하자면 극도로 우울한 병실에서 창 밖의 빠르게 지나가는 구름을 하느님의 오심으로 인식한 것이다. 수천마리 양떼를 몰고 외로운 이를 찾아가신다는 양떼의 비유까지 등장하고 있다.

특히 마지막 행 '오늘 하루도 즐거웠습니다' 라는 표현은 첫 행 '우울이 덕지덕지 엮인 커튼을 젖히고' 와는 극단적인 대조를 이루고 있다.

말하자면 투병이라는 극한 상황에서도 구름을 통하여 하느님을 발견하는 신앙을 형상화한 것이다.

5

지금까지 오 시인의 시의 특질을 살펴보았다. 그 결과 필자가 서두에서 기대한 대로 그는 원숙한 신앙, 그것도 진지하고 고통을 극복하는 자세의 신앙으로 성지순례 시편이나 등산체험 시편에서 하느님의 임재하심과 역사하심을 절제된 어조로 형상화하고 있다. 따라서, 한국 기독교 시단의 소망이고 나아갈 방향인 무의식적 기독교시들을 보여주고 있다.

그러나 아직도 한국 기독교 시단에는 기도와 간증을 시와 수필로 착각하고 기도문을 시라고 창작하는 시인들과 간증문을 수필이라고 창작하는 수필가들이 많다. 이러한 병폐를 청산하는 데에 기여할 시인으로 오원량 시인의 역할을 기대하는 바가 크다. 뿐만 아니라, 진지하고 고통극복으로써의 신앙이라는 서구의 오래된 기독교국가의 문학에서 발견되는 세계를 그는 가지고 있다. 특히 3부 「지독한 사랑」에서 보여주는 그의 사춘기 시절의 신앙에 대한 솔직한 고백과 그보다 한층 더 승화된 신앙시로서의 일상과 자연의 인식은 앞으로 더욱 증진하여 한국 카톨릭시사 나아가서는 한국 시문학사에 남을 시인이 될 징후를 충분히 보여주었다. 그 자신 종교성이 배제된 작품들에서는 그의 카톨릭 세계관이 한층 더 육화되었으리라 기대하면서 다음의 시집 발간을 기다린다.